LA MORT,

ODE PHILOSOPHIQUE,

Par Pierre LAMONTAGNE,

(DE LANGON),

Auteur de plusieurs Poëmes Dramatiques, Poésies diverses ;
et Ouvrages traduits de l'anglais, de la Société des Sciences
et Belles-Lettres de Bordeaux, etc.

A PARIS,

Chez S. A. HUGELET, Editeur, rue des Fossés-Saint-
Jacques, n°. 4, près la place de l'Estrapade.

1816.

Avertissement.

L'AUTEUR, qui compte quarante-trois ans de travaux littéraires depuis ses premiers Ouvrages imprimés à Paris, en 1773, a composé *la Théâtromanie*, *l'Enthousiaste*, *le Café de Rouen*, *la Physicienne*, Comédies en vers, représentées avec succès à Paris et dans les départemens; *Papelard*, ou *le Tartufe philosophe et politique*, Comédie en cinq actes, en vers, imprimée à Paris en 1796, représentée à Bordeaux la même année; *le Faux Hermite*, Comédie en un acte et en prose, représentée à Bordeaux en 1804, non imprimée; *Arabelle et Altamont*, Tragédie en trois actes, imprimée en 1791, et représentée à Paris, au Théâtre Favart en 1807, par une Société d'Artistes

Dramatiques; *le Chevalier Desgrieux*, Tragédie en cinq actes, non imprimée, lue publiquement à Paris, le 23 décembre 1813.

Un *Recueil de Poésies diverses*, Paris, 1789, renfermant le Poëme de *la Lévite conquise*, 1783; *les Odes sur le naufrage du Halswell; la Fille Salmon*, imprimées séparément, et divers morceaux de *Poésie* insérés dans les Journaux de Paris.

Depuis 1796 jusqu'en 1804, plusieurs morceaux de *Poésie* et de *Prose* dans les Journaux de Bordeaux, et quelques *Ouvrages* séparément.

Depuis son retour à Paris, *la Vestale*, Poëme en quatre chants, 1805; *Epître aux Députés français de la Religion Juive*, 1807; *la Bataille de Marengo*, Ode, 1808; *les Saints Stigmates*, Ode, 1810; *les Oreilles d'âne*, Conte en vers, 1814.

L'Auteur se propose de publier un

Notice complette de ses Ouvrages dont les Journalistes de Paris n'ont donné aucun extrait depuis vingt-cinq ans, et que souvent même ils ne daignent pas annoncer.

Sa demeure est rue de la Planche, n°. 11.

LA MORT*,

Ode Philosophique.

Mutatas dicere formas.

COMPAGNE fidèle et chérie,
O Lyre! charme de mes jours,
De ton aimable mélodie
Prête-moi le dernier secours.
Quand la vieillesse languissante,
D'une vie enfin défaillante
Fait pâlir le triste flambeau,
D'un pas ferme et d'un front stoïque,
Aux accords du mode dorique
Je veux marcher vers le tombeau.

* Cette Ode ayant été composée pour tous les
hommes, de quelque croyance qu'ils soient, on n'y
a admis aucun dogme religieux, mais seulement les
grands principes de l'existence de Dieu et de l'immor-
talité de l'âme.

Aux bords où d'un fleuve rapide
Le Huron vient boire les eaux,
Ainsi le Sauvage intrépide
S'apprête à mourir en héros.
Il compose le chant funèbre
Qui doit rendre son nom célèbre,
Immortalisant ses combats,
Et, chez un peuple anthropophage,
Fera triompher son courage
Et des douleurs et du trépas.

Malgré les fureurs de l'envie,
Mon cénotaphe glorieux,
Des voyageurs dans ma patrie *
Un jour attirera les yeux;
Ils rendront hommage au poète
Qui, de la sagesse interprète,
Loin des mourans chassa le deuil,
De la Mort déchira le voile,
Des feux d'une brillante étoile
Eclairant la nuit du cercueil.

Quelle est la nation barbare
Qui, pour orner les monumens,
Figura cet être bisarre
Formé d'arides ossemens?

*Langon, petite ville de la Guyenne où l'Auteur
est né le 26 juillet 1752.

Sous un crâne sans chevelure
De deux orbites l'ouverture
Ne présente qu'un vide affreux,
Où ne brillent point ces prunelles
Qui font jaillir leurs étincelles
Comme un diamant lumineux.

❧❁❧

Du Sculpteur le ciseau gothique,
Dans des jours livrés à l'erreur,
Créa cet objet symbolique
Pour mieux inspirer la terreur.
Disparais, fantôme effroyable;
Sous un aspect si détestable
Viens-tu demander des autels?
Ce n'était pas sous cet emblême
Que jadis notre heure suprême
S'offrait aux regards des Mortels.

❧❁❧

Se renversant sur la poussière,
Une rose auprès des pavôts
De notre rapide carrière
Indiquait le dernier repos.
Une femme à demi-vêtue,
Sur un lit se montre étendue,
Du sommeil goûtant la douceur:
Belle et sensible allégorie,
Où le bonheur d'une autre vie
Paraît comme un songe enchanteur.

Pourtant au Mortel moins timide
Ce squélette offre un art divin;
Et l'œil que la science guide
De Dieu partout y voit la main.
Sa forme aux vivans odieuse
Est la charpente ingénieuse
De cet édifice étonnant,
Dont les rapports, la symétrie
Prouvent l'admirable industrie
De l'Architecte le plus grand.

De la suprême intelligence,
Toi, qui nous traças les décrets,
Du théâtre de l'existence
Viens me dévoiler les secrets ;
O Leibnitz ! ô brillant génie,
De l'antique philosophie
Daigne me dicter les leçons
Et, dans cet obscur labyrinthe
Où je ne marche qu'avec crainte ,
Eclaire-moi de tes rayons.

L'âme sortant d'une autre sphère
Pour habiter un corps humain,
Vient dans ce monde sublunaire
Accomplir le décret divin.
Le prompt essor de la pensée
De notre existence passée

Est un témoignage assuré;
Nos plus sublimes connaissances
Ne sont que des réminiscences
D'un savoir qui s'est égaré.

Frappé de cette conjecture,
Le philosophe de Samos
Crut reconnaître son armure
Dans le bouclier d'un héros;
Et de cette doctrine étrange
Qu'il apprit sur les bords du Gange,
Creusant les dogmes curieux,
Il pensa que d'une autre vie,
L'image long-temps obscurcie,
Tout-à-coup s'offrait à ses yeux.

Dans chaque forme successive
Observons cet être animé
Que fait mouvoir la force active
De ce feu qu'il tient renfermé.
Séparé de notre atmosphère,
Il tire des flancs de sa mère
Les sucs qui prolongent ses jours;
Dans la prison qui le limite
Ce merveilleux *ichthyophyte* *
De neuf mois acheve le cours.

* Mot inventé par l'Auteur pour exprimer l'état de l'enfant dans le sein de la mère. Ce mot composé signifie en grec *poisson plante*.

Il voit la lumière, il respire;
Dès ce moment jusqu'à la mort,
L'air qu'un nouvel organe attire
Y pénètre et toujours en sort.
Couché sur le sein qui l'allaite,
L'enfant du doux nectar qu'il tette
Reçoit un prompt accroissement;
Bientôt un ivoire solide
Qui sert son appétit avide
Prépare un plus fort aliment.

Dans le progrès de sa structure
L'Homme à l'Enfant succède enfin;
A son chef-d'œuvre la Nature
Impose la dernière main.
Par l'esprit moteur qui l'agite
De sa dimension prescrite
Le corps parvient à s'approcher;
Et, devenant surabondante,
Cette flamme vivifiante
Cherche partout à s'épancher.

Un nouveau sens qui vient d'éclore,
De tous le plus impérieux,
Unit un couple qui s'adore
Par des liens mystérieux.
D'une différence organique
Ils suivent l'attrait sympathique

D'où naissent ces transports charmans,
Et de l'artiste le plus sage
Pour former leur vivante image
Sont les aveugles instrumens.

❖❖❖

Mais de la mouvante machine
Où l'âme avait son logement,
Le Temps, qui, par degrés, la mine,
Amène le dernier moment.
Ce corps, après le coup funeste,
Privé de ce souffle céleste
Dont son auteur sut l'animer,
N'étant plus qu'une froide argile,
Présente une larve * immobile
Que le tombeau doit renfermer.

❖❖❖

Quelle clarté vive et soudaine
Eclaire ces tristes débris,
Et, par un nouveau phénomène,
Arrête mes regards surpris?
Le grand Alchymiste du Monde
Veut de sa science profonde

---

* *Larve*, premier état de l'insecte au sortir de l'œuf.
Ce mot exprime très-bien la dépouille mortelle de
l'homme. D'après cette idée, un cimetière, très-mal
nommé, puisqu'on n'y dort pas, devrait être appelé
un *larvaire*.

M'offrir un effet étonnant ;
De cette enveloppe grossière ;
Ainsi que l'or de sa minière
Sort un fantôme rayonnant.

⬥

Par sa brillante apothéose
Cet être ainsi ressuscité,
Conserve en sa métamorphose
Le type de l'humanité ;
Mais il nage dans la lumière ;
De notre terrestre matière
Il n'éprouve plus les besoins,
Et pour sa substance épurée
Sont préparés dans l'Empirée
D'autres plaisirs et d'autres soins.

⬥

Tel sortant de l'urne fatale,
Où sa dépouille reste encor,
Le papillon dans l'air étale
Son vêtement d'azur et d'or.
Après avoir posé le masque
Qui, sous un aspect si fantasque,
Le travestissait à nos yeux,
Il est comme la fleur nouvelle
Que le zéphir va sur son aile
Porter à la voûte des cieux.

Quand sur cette horloge infaillible,
Qui des humains règle le sort,
Achevant ma course pénible *,
Je lirai l'heure de ma mort,
Que des fleurs fraîchement écloses,
Des amaranthes et des roses
De mon front cachent la pâleur,
Puisqu'enfin mon âme immortelle
Va sur une scène nouvelle
Paraître devant son Auteur.

Principe de toute existence,
Grand Dieu, ne m'abandonne pas!
Prononce un arrêt de clémence
Sur cet Être que tu créas.
Daigne m'ouvrir le sanctuaire
Où le Fils goûte auprès du Père
Un bonheur qui ne peut changer.
La terre à mon âme exilée,
De pleurs n'offrant qu'une vallée
N'était qu'un séjour passager.

*J'ai osé m'engager dans la carrière des Lettres sans
protection, sans le moindre secours de la fortune,
avec beaucoup de fierté et un grand éloignement pour
toute intrigue. Qu'on juge de ce que j'ai dû souffrir,
n'ayant rencontré dans mon chemin que des bras ten-
dus pour me repousser, et la révolution française au
milieu de ma course.

Tout ce que le soleil éclaire,
Et dont notre œil est enchanté,
N'est qu'une trompeuse chimère,
Un tableau sans réalité,
Un palais formé de nuages,
Montrant sous diverses images
Les symboles de l'Eternel.
Il faut que l'illusion cesse,
Il faut qu'en mourant je renaisse
Pour jouir d'un bonheur réel.

Le spectacle de la Nature
Par degrés s'efface à mes yeux;
Je vois une ombre plus obscure
S'étendre sur l'azur des cieux.
De tous mes sens la défaillance
Fait cesser la correspondance
De ma pensée et des objets,
Et cette substance divine
Se rejoint à son origine
Pour ne s'en séparer jamais.

FIN.

DE L'IMPRIMERIE DE CUSSAC,
rue d'Orléans Saint-Honoré, n°. 13, hôtel d'Aligre.